du caneton

texte de Colette Sébille

illustrations de
Annick Bougerolle

Castor Poche
Flammarion

© 1976 Père Castor Flammarion pour le texte - © 1990 Castor Poche Flammarion pour l'illustration
Imprimé en France - ISBN : 2-08-162891-0 - ISSN : 0993-7900

– Oh ! là là ! oh ! là là !
J'ai perdu la plus belle !

– C'était la plus belle,
pleure le petit canard
dans un coin du poulailler.

– Pardon, madame l'Oie,
je vous prie de bien vouloir
m'excuser, n'avez-vous pas vu
une plume ? J'ai perdu
une plume, c'était la plus belle.

– Ma foi non, je n'ai pas vu
de plume. Mais va donc
demander au dindon, peut-être
pourra-t-il te renseigner.

– Monsieur le Dindon, bonjour !
N'avez-vous pas vu une plume,
une belle plume jaune ?
J'ai perdu ma plus belle plume.

– Non, mon petit, non
je n'ai rien vu. Mais va voir la poule,
peut-être pourra-t-elle t'aider.

– Pardon, madame la Poule,
n'avez-vous pas vu une plume ?
C'est moi qui l'ai perdue,
c'était la plus belle.
Oh, comme je l'aimais
cette plume !

– Je n'ai rien vu du tout,
mon pauvre petit.
Mais va donc voir le coq.
Je serais bien étonnée
qu'il ne sache rien.
Tu sais comment il est :

... il veut se tenir au courant de tout.

Petit canard n'a même pas
le temps de parler.
– Ah ! bonjour, mon petit,
dit le coq, tu viens me voir ?...
Tu veux m'entendre chanter,
n'est-ce pas ? Ah, le gentil petit !
Ne sois pas si timide,
tu vas l'avoir ta chanson !

– Non, non, monsieur le Coq, dit
tout doucement le petit canard.
Je ne veux pas de chanson,
je veux...

– Comment ? Tu ne veux pas
de chanson ! Jamais je n'ai entendu
une chose pareille ! Comment
oses-tu me dire cela ? A moi
dont le chant est le plus beau !
Écoute !

COCORICO !
COCORICO !
COCORICO !

Dans le poulailler, chacun regarde
son voisin avec l'air de dire :
«N'est-il pas malade notre coq ?»

– C'est vraiment très joli,
monsieur le Coq, dit le petit canard,
lorsque le coq se tait enfin.
Mais je suis venu vous demander...
N'avez-vous pas vu une plume,
s'il vous plaît ? J'ai perdu une plume.

– Une plume ? Bien sûr
que j'ai trouvé une plume !
Très jolie plume, ma foi !
Je l'ai plantée dans ma queue,
et elle me va très bien.

– Ah ! Vous avez trouvé
ma plume ! Quel bonheur !
Voulez-vous me la rendre,
s'il vous plaît ?
– Comment ça, te la rendre ?
Je l'ai trouvée, elle est à moi.

– Oh ! monsieur le Coq,
c'est ma plume !
– Rien à faire !
Il ne fallait pas la perdre !
C'est bien fait pour toi !

Et le coq s'éloigne.

« J'ai une idée ! »
se dit le petit canard.

Il court chercher son frère et
lui raconte très vite et très bas
toute l'histoire.

33

Petit canard et son frère
retournent voir le coq.

– Monsieur le Coq, bonjour !
dit le frère du petit canard.
Voulez-vous avoir
la grande amabilité
de chanter pour moi ?
Cela me ferait tant plaisir !

– Enfin ! Voilà un canard qui sait
apprécier les belles choses.
Je te félicite et je vais chanter
pour toi ! Ah, mais je vois que tu as
rappelé ton frère à la raison !
Toi aussi, maintenant, tu veux
entendre une de mes chansons !
N'est-ce pas, petit canard ?

– Oh oui ! mentit le petit canard.

– Bien. Alors, écoutez !

Et le coq se gonfle bien droit
sur ses pattes. La gorge rebondie
et la tête fièrement levée,
il commence :

COCORICO !
    COCORICO !
        COCORICO !

Pendant ce temps,
le petit canard
court vite derrière le coq,
saisit sa plume et...

... s'en va à toutes pattes.

– Que se passe-t-il ?
Qui a touché à ma queue ?
Qui a osé toucher
à mes plumes ?
crie le coq furieux.

Mais il n'y a plus personne
pour lui répondre !

Dans le fond du poulailler,
l'autre petit canard aide son frère
à replacer sa plume.

Le coq continue de crier,
fou de rage :
– Qui a osé ?
Qui a osé ?

Et l'oie et le dindon
et les poules et les poussins
et les canetons baissent la tête
pour qu'il ne les voie pas
se moquer de lui.

Aubin Imprimeur, Poitiers - 05-1990
Flammarion et Cie, éditeur (N°16381) - Dépôt légal : juin 1990 - N° d'impression P35210
Loi n° 49-956 du 16 juillet 1949 sur les publications destinées à la jeunesse